오로라의 사냥 비법

오로라의 사냥 비법

이경순 글 | 양양 그림

북멘토

차례

마지막 순간

까미는 힘겹게 나팔꽃 위로 내려앉았다.

가쁜 숨을 가다듬은 뒤 공원을 둘러봤다. 온통 회색빛의
공원은 텅 비어 있었다.

주변 소리에 정신을 모았지만 어느 방향에서도 아이들
소리는 들리지 않았다.

'그냥 학교 앞으로 갈걸…….'

슬며시 후회가 밀려왔다.

하지만 하굣길에 우르르 쏟아져 나올 아이들을 떠올리

자 더듬이까지 파르르 떨리는 것 같았다. 까미는 아이들이 뭉쳐 다니는 게 싫었다. 아니 무서웠다. 뭉쳐서 와글와글 떠들어 대는 아이들 속에는 꼭 눈 밝은 아이나 귀 밝은 아이가 껴 있기 때문이었다.

"어디서 왱왱 소리가 들리는데?"

누군가 귀를 쫑긋거리며 이렇게 외치면 끝이었다. 그걸로 죽은 목숨이 될 수도 있었다.

"어, 머리 위다!"

이내 또 다른 누군가 소리친다.

"넌 죽었다, 모기!"

"아냐, 날벌레 같은데?"

더 눈 밝은 아이가 소리친다.

까미는 아이의 눈이 더 많이 밝았으면 좋겠다. 그래야 날벌레처럼 작고 검지만 실은 아주 다르게 생겼다는 걸 알아볼 테니까. 날벌레처럼 날개와 더듬이가 있지만 사람마

냥 동그란 얼굴에 눈도, 코도, 입도 있어서 아주 귀엽게 생겼다는 걸 알아볼 테니까. 그럼 얼굴을 찡그린 채 때려 잡는 대신 활짝 웃으며 귀여워할 거다. 아기 강아지나 고양이를 볼 때처럼. 하지만 그런 일은 한 번도 일어나지 않았다.

"야, 잡자!"

"그래, 뭐든 죽었어!"

아이들은 즐거운 놀이를 발견한 듯 짝짝, 쩍쩍, 풀쩍, 쿵쿵 신바람이 난다. 그럼 무조건 달아나야 한다. 뭉그적대다가는 그들의 손바닥에 납작궁이 되어 영영 세상을 떠나게 될 수도 있다.

한번은 정말 그럴 뻔한 적도 있었다. 아이가 기우뚱 중심을 잃는 바람에 손가락 틈으로 겨우 빠져나왔다. 그 후로 까미는 뭉쳐 있는 아이들은 무조건 피하게 되었다.

"늦기 전에 어디로든 가 보자."

까미는 눈으로 공원을 한 번 더 훑은 뒤 날개에 불끈 힘을 주었다. 순간 어지럼증이 밀려왔다. 속도 메슥거렸다. 에너지가 얼마 남지 않은 게 분명했다. 여태 이렇게까지 에너지가 바닥난 적은 없었다.

'이러다가 나도…….'

불안감과 함께 언젠가 봤던 시간 사냥꾼의 마지막 모습이 떠올랐다.

그는 다른 시간 사냥꾼에게 에너지를 모두 뺏기고 마지막 숨을 내쉬는 중이었다. 깊고 무거운 신음이었다. 힘겨운 고통이 까미에게까지 실려 오는 듯했다. 그 신음을 끝으로 그는 마른 나뭇잎처럼 바스러지며 공중으로 흩어졌다.

그 모습은 충격이었다. 그 후 수시로 그 장면이 떠올랐고 그때마다 마음이 조급해졌다.

'안 돼! 그렇게 사라질 수는 없어.'

까미는 말라 가는 시간 빨대를 만지작거렸다. 마침 떠오르는 아이가 있었다.

'그래, 그 아이의 시간이라도…… 우선 살고 봐야지.'

까미는 기운을 모아 나팔꽃에서 날아올랐다. 메스꺼움을 누르며 속으로 노래를 웅얼거렸다.

나는야, 시간 사냥꾼!
사람의 시간을 사냥하지. 가장 좋은 시간은 1등급!
똘똘 뭉친 고급 에너지가 들어 있거든.

까미는 이마를 찡그렸다. 힘들 때 부르면 불끈 기운이 났는데 이번에는 소용없었다.

평소와 달리 '위잉' 하는 날갯짓 소리가 거슬렸다. 예전에 어느 집 마루에서 봤던 선풍기 소리 같았다. 그 선풍기는 고장이 났는지 목이 돌아갈 때마다 '턱, 삐걱, 턱' 하며 힘겹게 돌아갔었다. 기운이 없으니 그 선풍기처럼 날갯짓도 맘대로 되지 않는 모양이었다.

드디어 개천가에 우뚝 솟은 빌라가 보였다.

까미는 힘을 짜내어 가까스로 빌라 앞마당의 백일홍 꽃잎 위로 내려앉았다.

엎어져서 가쁜 숨을 한참이나 고른 뒤에야 메스꺼움이 겨우 가라앉았다. 그제야 빌라 입구로 눈길을 옮길 수 있었다.

거기, 언제나처럼 그 아이가 있었다. 이따금은 휠체어를 탄 할머니와 나란히 앉아 있곤 하던 아이. 움직임이 없는 그들은 까미에게 아주 만만하고 맞춤한 사냥감이었다.

까미는 심호흡을 한 뒤 우두커니 앉아 있는 아이를 향해 날았다. 질 좋은 에너지면 좋겠지만 지금은 질을 따질 때가 아니었다. 바스러지며 사라지지 않으려면 뭐라도 흡입해야 했다.

위웡. 위.

까미는 거슬리는 날갯짓 소리를 내며 아이의 머리로 향

했다.

아이의 정수리 위에서 온몸의 기운을 입 끝으로 모았다. 돌돌 말렸던 시간 빨대가 좍 퍼졌다. 시간 빨대를 정수리에 막 꽂으려는 순간이었다. 갑자기 아이가 고개를 젖혔다.

"나, 너를 알아. 나 좀 도와 줘!"

아이가 말했다. 목소리에서 간절함이 묻어났다. 이상하게도 가슴이 저릿했다.

'나를 안다고? 어떻게?'

까미는 놀라서 윙윙 제자리 날갯짓만 해 댔다.

그때, 아이가 까미를 향해 손을 뻗었다. 까미는 서둘러 날아올랐지만 아이의 손끝에 부딪히며 튕겨 나갔다. 중심을 잡으려고 더듬이와 날개를 마구 파닥였다. 날개가 말을 듣지 않았다. 아래로 아래로 곤두박질쳤다. 이제 곧 딱딱한 어딘가에 부딪히며 끔찍한 고통과 함께 세상에서 사라질 터였다.

'이렇게 끝나는구나.'

까미는 눈을 질끈 감았다.

시간 사냥꾼으로 바둥대던 지난날들이 떠올랐다.

하고 싶은 것이 참 많았었다. 보고 싶은 것도 알고 싶은 것도 많았다.

'까미'라 불리는 꼴찌 등급 사냥꾼에서도 벗어나고 싶었고, 으뜸 사냥꾼인 '오로라'만 본다는 특별한 세상도 보고 싶었다. 정말 소문처럼 투명해서 사람들 눈에 보이지 않는지도 알고 싶었다. 하지만 까미는 사람들도, 시간 사냥꾼들도 전부 무서웠다. 무서워서 잔뜩 웅크린 채 외톨이로 살아왔다. 그 시간들이 후회스러웠다. 결국 이렇게 될 걸 바들대기만 하다가 끝난다는 게 슬펐다.

마침내 떨어지기를 멈췄다. 부드러운 뭔가가 등을 받치는 듯 푹신했다.

까미는 고개를 갸웃거리며 천천히 눈을 떴다. 폭신한 솜뭉치 위였다. 솜뭉치는 돌멩이 사이에 걸려 있었다. 정말

운이 좋았다.

까미는 솜뭉치 위에 널브러진 채 그대로 있었다. 몸을
일으킬 힘이 없었다. 숨쉬기도 힘들었다.

가로등에 불이 켜졌다. 희뿌연 세상이 보였다 안 보였다
했다. 차츰 보이는 시간이 짧아졌다. 대신 어둠이 길어졌
다. 이제 정말 끝이구나 싶었다.

 '안 돼! 이럴 수는
없어…… 이렇게
사라질 수는…….'

까미는 힘겹게 숨을 할딱였다.

그때였다.

"쯧쯧, 소멸 직전이구나."

어렴풋이 낯선 목소리가 들렸다.

"이렇게…… 눈에 띈 것도…… 인연……."

낯선 소리가 끊어졌다 이어졌다 했다.

다음 순간, 몸속으로 뭔가 되직한 것이 밀려드는 느낌이

었다. 기운이 천천히 차오르면서 몸이 가볍고 환해지는 것

같았다. 마치 찬란한 빛으로 가득 차는 기분이었다. 덩달아 가쁘던 숨이 편안해졌다.

까미는 길게 숨을 들이쉬었다. 그때 은은한 향이 콧속으로 스며들었다. 아주 기분 좋은 향이었다.

"이 기운을 거름 삼아 잘 살아 봐라."

목소리가 다시 들렸다.

'아, 살았구나!'

안도감과 함께 찌릿한 감동이 밀려왔다.

사냥꾼 중에는 에너지를 쉽게 모으려고 같은 시간 사냥꾼의 에너지를 사냥하는 이들도 있었다. 그런데 자신의 에너지를 나눠 주는 사냥꾼이라니! 여태 본 적도 들은 적도 없는 일이었다. 그런 그가 눈물 나게 고마웠다.

까미는 고마운 그가 보고 싶었다. 눈을 뜨자 길게 뻗어 나왔던 시간 빨대가 다시 그의 입으로 도르르 말려드는 게 보였다. 펄럭이는 오색찬란한 날개도 보였다. 다음 순간,

그가 훌쩍 날아올랐다. 동시에 조금 전 맡았던 그 향이 다시 훅 밀려왔다. 처음 맡아 보는 향기는 아주 독특했다.

'고맙다는 인사라도 해야 해.'

까미는 얼른 뒤따랐다. 몸이 가벼웠고 어디든 날아갈 수 있을 거 같았다.

찬란하게 멀어지는 빛을 향해 까미는 힘껏 날갯짓을 했다.

오로라를 찾아서

요란한 새소리에 눈을 떴다.

햇살이 눈부셔서 고개를 돌리던 까미는 화들짝 놀랐다.

회색빛이던 세상이 온통 초록빛이었다.

"이게 뭐지?"

까미는 눈을 감았다가 천천히 다시 떴다.

다시 확인해 봐도 은행나무를 에워싸고 빽빽이 매달린

수많은 은행잎들은 여전히 초록색이었다.

까미는 은행나무 옹이에서 날아올라 가지 끝에 내려앉

았다. 주위 풍경이 한눈에 들어왔다.

넓은 공원을 사이에 두고 왼쪽에는 낮은 빌라들이 뻗어 있었고, 오른쪽에는 높은 아파트들이 햇살을 받아 눈부시게 빛나고 있었다.

공원에는 빨강, 노랑, 분홍 꽃들이 무리지어 무덕무덕 피어 바람이 불 때마다 커다란 이랑을 만들었다. 공원 뒤로는 진초록의 자작나무 숲이 넓고 길게 뻗어 있었다.

그 풍경은 저마다 가진 색들이 너무 선명해서 마치 색깔들이 다투어 튀어나오는 거 같았다.

"세상에, 이렇게 아름다울 수가!"

까미는 처음 보는 낯설고 아름다운 풍경에 눈물이 핑 돌았다.

그동안 까미가 보아 온 검정과 흰색뿐인 세상과는 너무 달랐다. 벅찬 마음을 이기지 못해 공원을 향해 훌쩍 날아올랐다.

씽씽 소리가 날 정도로 날갯짓이 너무 가뿐했다. 여태한 번도 느껴 본 적 없는 가벼움이었다.

넓게 펼쳐진 붉은 꽃무릇 위를 날자니 몸도 마음도 붉게 타오르면서 마구 힘이 솟는 거 같았다. 또 금빛의 서광꽃밭은 가슴이 두근두근 희망으로 벅차오르게 했다. 다음으로 이어진 초록 풀밭은 널뛰던 가슴을 차분히 가라앉히며 편안하게 했다.

까미는 넓은 공원을 이리저리 날다가 다시 공원 입구에 우뚝 선 은행나무로 향했다. 은행나무에 앉아 공원 풍경을 내려다봤다. 가지각색의 선명한 세상을 보는 건 엄청난 기쁨이었다. 다시금 가슴이 벅차올랐다. 벅찬 가슴을 쓸어내리던 까미는 고개를 갸웃했다.

'갑자기 왜?'

정말 이해할 수 없는 일이었다. 어제까지만 해도 까미가 보는 세상은 흰색이거나 검은색 또는 회색빛이었다.

고개를 갸웃거리며 생각에 잠겼던 까미의 눈이 확 커졌다.

"맞아, 어젯밤에도 봤어! 푸른빛이다가 보랏빛, 검붉은 빛이 되기도 하던 그 날개!"

까미는 벌린 입을 다물지 못했다.

언젠가 들은 '으뜸 사냥꾼'에 대한 소문이 떠올랐다. 그들은 1등급 에너지로 가득 차 있어서 날개도 몸도 오로라처럼 푸른빛이다가 보랏빛, 검붉은 빛이 되기도 한다고 했다. 그래서 그들을 '오로라'로 부른다고 했다.

"그가 오로라였어! 소문으로만 듣던 으뜸 사냥꾼!"

가슴이 찌릿해 왔다.

어젯밤, 고맙다는 인사라도 하려고 그를 뒤쫓던 일이 떠올랐다.

무겁던 몸은 한없이 가벼웠고 날갯짓도 더없이 재빨랐다. 세상 어디까지든 날아갈 수 있을 거 같았다. 하지만 그는 너무 빨랐다. 마침내 찬란한 빛은 눈앞에서 사라졌고

까미는 근처 은행나무에 내려앉아 밤을 보냈다.

'그가 나눠 준 에너지 때문일까?'

까미는 어젯밤 온몸이 찬란한 빛으로 가득 차는 듯했던 기분을 떠올렸다.

비로소 모든 것이 이해되었다.

"그들이 보는 세상은 이랬구나. 하얗고 검은 세상이 아니라 색색으로 반짝이는 세상!"

까미는 가슴이 쿵쿵 뛰었다. 머릿속까지 쿵쿵 뛰는 거 같았다.

눈앞에 펼쳐진 선명한 색의 세상을 다시 봤다. 정말 꿈만 같았다. 앞으로도 이렇게 선명하고 환한 세상에서 살고 싶었다. 하루를 살더라도 아름다운 색의 세상에서 살고 싶었다.

"오로라를 만나야겠어. 분명 그들만의 비법이 있을 거야. 1등급 시간 사냥 비법!"

기운이 불끈 솟았다.

어제 이 근처에서 오로라를 놓쳤으니 여긴 그가 자주 다니는 길목일 터였다. 은행나무를 거처로 삼아 주변을 찾아보면 오로라를 만날 수 있을 거 같았다.

까미는 더듬이를 한 번 어루만진 뒤 힘차게 날아올랐다.

날갯짓이 가뿐했다. 어젯밤의 기분이 그대로 되살아났다. 여태 한 번도 느껴 본 적 없는 가벼움, 역시 1등급 에너지라 달랐다.

까미는 온종일 은행나무 주변 구석구석을 헤맸다. 하지만 오로라의 모습은 보이지 않았다.

다음 날엔 범위를 좀 더 넓혀 살폈다. 그다음 날도, 또 그다음 날도 마찬가지였다.

'이러다 오로라가 준 에너지가 바닥나면 어쩌지? 금방 찾을 수 없을지도 모르는데.'

그 순간 어둠 속에서 오로라의 색이 선명하게 드러났던

게 떠올랐다.

　까미는 에너지를 아낄 겸 낮에만 찾으러 돌아다니고, 밤에는 은행나무에서 오로라가 나타나는지 살펴보기로 했다. 그러기 위해 거처를 가지 위쪽의 옹이로 옮겼다. 거긴 사방이 확 트여서 주변 모든 것이 한눈에 쏙 들어와서 좋았다. 하지만 허탕 치는 날이 길어졌고 들떴던 기분도 점점 가라앉았다.

　아침부터 바람이 심상찮았다. 옹이 속까지 건들바람이 들이쳤다. 이런 날 바깥으로 나가는 건 위험했다.

　까미는 옹이 속에 웅크린 채 바깥을 살폈다. 시원한 건들바람에 자꾸만 눈이 감겨 왔다. 꾸벅꾸벅 졸던 까미는 한순간에 정신이 번쩍 들었다. 콧속으로 스미는 독특한 향기 때문이었다.

　'그 향기다!'

　까미는 몸을 발딱 일으켰다.

오로라를 만난 날 밤에 맡았던 바로 그 향기였다. 한번 맡으면 도저히 잊을 수 없는 향기.

"왜 여태 이 생각을 못했지?"

까미는 콧속 깊이 공기를 들이마셨다. 하지만 향기의 방향을 알 수가 없었다.

마음을 가다듬고 더듬이를 곧추세웠다. 향기는 아파트 쪽에서 날아오는 게 분명했다.

"역시 넌 뛰어난 냄새 탐시기야!"

까미는 더듬이를 쓰다듬은 뒤 훌쩍 날아올랐다.

한참을 날아 아파트 단지로 들어섰지만 바람이 멎자 향기도 방향을 잃었다. 까미는 화단 앞 목련나무에 내려앉아 가쁜 숨을 골랐다.

다시 바람이 불었다. 까미는 바람 속 향기를 쫓아 얼른 다시 날아올랐다. 바람이 잦아들기 전에 어서 오로라를 찾아야 했다.

아파트 단지를 벗어나자 낮은 건물들이 나오고 건물을 따라 한참을 날자 소나무 숲이 나왔다. 숲으로 접어들자 향기가 한층 짙어졌다. 그건 오로라에 가까워진단 뜻이었다. 기운이 불끈 났다.

소나무 숲속으로 난 길을 따라 한참을 날아가자 담쟁이 덩굴로 에워싸인 커다란 건물이 보였다. 한눈에도 특별한 건물처럼 보였다. 향기는 그 건물 앞마당에서 났다.

더듬이를 너울거리며 향기를 쫓았다. 화단 한쪽에 주황색 꽃송이를 매단 커다란 꽃나무가 서 있는 게 눈에 들어왔다. 향기는 바로 그 꽃에서 났다.

까미는 꽃송이 위로 내려앉았다. 꽃송이가 진저리치듯 꽃잎을 흔들었다.

"이게 뭐야! 오로라한테서 나는 향기인 줄 알았는데……."

까미는 기운이 쫙 빠졌다.

오로라 찾을 방법이 사라졌다고 생각하니 몸을 지탱하던 기둥이 무너져 내리는 것 같았다.

더 이상 날 기운이 없었다. 아니 날고 싶지 않았다. 쉬어야겠단 생각에 꽃가지 사이로 파고들었다. 꽃가지들 안쪽에 오목한 굴 같은 게 있었다. 그건 잔가지와 이파리를 구부리고 겹쳐서 만든 누군가의 집이었다. 비에도 끄떡없을 만큼 촘촘하고 단단했다.

'다른 데로 갈까?'

까미는 이내 고개를 저었다.

마음 가는 대로 그냥 잠시 쉬기로 했다. 이제 전처럼 바들대며 살고 싶지는 않았다. 게다가 이렇게 오밀조밀 섬세하게 집을 짓는 이라면 대뜸 공격부터 하지는 않을 거 같았다.

오목한 집에 누우니 아늑하고 편했다.

'그래, 뭔가 방법이 있을 거야.'

편해서인지 기분 좋은 향기 때문인지 슬며시 희망이 솟았다. 까미는 웃음을 머금은 채 눈을 감았다. 소르르 잠이 쏟아졌다.

"이 녀석 뭐야?"

달달한 잠 속으로 날선 목소리가 파고들었다.

귀에 익은 목소리, 절대 잊을 수 없는 그 목소리.

'오로라다!'

까미는 눈을 번쩍 떴다.

바로 앞에 온몸이 푸른색으로 빛나는 오로라가 까미를 내려다보고 있었다.

"찾았다!"

까미는 자신도 모르게 훌쩍 날아올라 오로라를 덥석 잡았다. 놀란 오로라는 날갯짓도 잊은 채 휘둥그레진 눈으로 까미를 바라봤다. 그 바람에 까미는 오로라의 무게를 이기지 못해 꽃송이 위로 내려앉았다.

"너, 내가 보이냐?"

오로라의 눈에 놀람과 당황스러움이 고스란히 담겨 있었다.

"당연하죠."

까미는 어이없어서 웃음이 나왔다.

오로라가 이렇게 멍청한 말을 한다는 게 믿기지 않았다. 어쩌면 오로라는 생각만큼 똑똑한 게 아닐지도 모른다는 생각이 들었다.

"그럴 리가 없는데…… 너, 꼴찌 등급 '시끄러운 까미'잖아."

까미는 히죽 웃으며 고개를 끄덕였다. 시간 사냥꾼들은 검은데다 날갯짓 소리가 시끄럽다고 꼴찌 등급 사냥꾼을 그렇게 불렀다.

"까미가 어떻게…… 나를 볼 수 있지?"

오로라는 연신 고개를 갸웃거렸다. 얼굴은 여전히 이해할 수 없다는 표정이었다.

그 순간 오로라에 대한 여러 소문들 중 하나가 떠올랐다. 오로라는 투명해서 사람뿐 아니라 같은 시간 사냥꾼들의 눈에도 보이지 않는다는 거였다.

'그 소문도 사실이었구나.'

까미는 천천히 고개를 끄덕였다.

분명 그 이유는 오로라가 나눠 준 에너지 때문일 거였다. 그동안 까미가 볼 수 없었던 색의 세상도 오로라에게 에너지를 받은 후부터 볼 수 있었으니까.

"나는 아는데. 그 이유……."

까미는 말하다 말고 얼른 입을 다물었다. 어쩌면 이걸 무기 삼아 오로라에게 조건을 내걸 수 있겠단 생각이 들었다. 자신의 에너지를 나눠 줄 줄 아는 착한 오로라니까.

"뭐라고?"

오로라는 무슨 말인지 못 알아들었는지 눈을 동그랗게 뜨고 물었다.

"오로라 님이 왜 제 눈에 보이는지 안다고요."

"그걸 안다고? 네가?"

오로라는 어이없는 듯 웃었다. 그러다 깊고 그윽한 눈으로 까미의 눈을 뚫어지게 봤다.

"그래, 네가 아는 그 이유 좀 들어 보자."

"알려 주면 뭘 해 주실 건데요?"

까미는 씩 웃었다. 무기를 쥔 탓인지 저절로 몸에 힘이 들어가고 여유가 생겼다.

"뭘 해 줘야 하니?"

"그럼요, 세상에 공짜가 어디 있어요."

오로라는 잠시 생각하더니 혼자 고개를 끄덕였다. 역시 그는 착한 오로라다.

"그렇지. 공짜는 없지. 그래, 뭘 원하는데?"

'비법이요. 1등급 시간 사냥 비법!'

까미는 목구멍까지 튀어나온 말을 꿀꺽 삼켰다.

아무리 착한 오로라라도 그건 안 들어줄 거 같았다. 괜히 욕심냈다가 오로라가 혹 날아가 버리면 쫓을 방법도 없었다.

"별거 아니에요. 그냥 오로라 님과 함께 있게 해 주세요."

까미는 다시금 씩 웃었다.

오로라에게 찰싹 붙어 있으면 그의 사냥 비법은 저절로 알게 될 터였다. 기발한 생각에 까미는 자신이 대견해서 더듬이가 나풀나풀 춤추려는 걸 애써 참았다.

까미는 기대에 차서 오로라를 봤다. 오로라가 그런 까미의 눈을 빤히 봤다. 그 눈길은 마치 까미의 마음속 깊은 곳까지 파고드는 듯했다.

"시끄럽게 하지 않을게요. 입은 꾹 다물고 그냥 따라만

다닐게요. 약속해요!"

까미는 눈을 반짝이며 되도록 밝고 경쾌하게 말했다. 하지만 속마음을 들킬까 봐 조마조마했다. 오로라에게 또 어떤 능력이 있는지 모르니까.

"좋아. 그 대신 약속을 어기는 순간 너랑은 끝이야. 알겠지?"

오로라의 말에 까미는 헤벌쭉 웃으며 거푸 고개를 끄덕였다.

"이제 말해 봐. 이유가 뭔데?"

"며칠 전에 오로라님이 제게 준 에너지 때문일 거예요. 그 후로 회색으로만 보이던 세상이 온갖 빛깔로 보이게 되었거든요."

까미는 새삼 그 기쁨으로 몸이 달싹거렸다.

그 순간 오로라가 몸을 바로 했다.

"그럼 네가 그날 밤 소멸 직전이었던 바로 그 녀석?"

까미는 활짝 웃으며 고개를 끄덕였다.

"음, 그럴 수도 있겠네. 그런 부작용이 있을 거라곤 생각 못 했는데. 이거 난처하게 됐군."

오로라가 이마를 찡그린 채 더듬이를 만지작거렸다.

한참 만에 고개를 들고 까미를 봤다.

"그런데 여긴 어떻게 알아냈지? 이제야 찾은 걸 보면 바로 뒤쫓진 못한 거 같은데."

오로라의 물음에 까미는 주황색 꽃을 눈짓했다.

"한번 맡으면 잊을 수 없는 향기더라고요."

"아…… 그렇지! 이 금목서 꽃향기는 쉽게 잊을 수 없는 향이지."

오로라가 까미와 주황색 꽃을 번갈아 보며 중얼거렸다.

조금 전까지 못마땅한 듯 찌푸려졌던 눈빛이 어느새 부드러워져 있었다.

금목서 향기

오로라는 아까부터 꽃송이에 기대 앉아 있었다.

그런데 행동이 이상했다. 활짝 편 날개를 천천히 앞뒤로 뒤집기도 하고 위로 올렸다 내리기도 했다. 더듬이도 왼쪽, 오른쪽, 위로, 아래로 움직이기를 반복했다. 꼭 인간들이 채소를 말리느라 이리저리 뒤적일 때의 모습 같았다. 그 모습이 너무 웃겼다.

"지금 뭐하는 거예요?"

까미는 궁금증을 이기지 못해 물었다.

"햇빛 샤워."

까미는 하마터면 깔깔대며 웃을 뻔했다. 사람들이 물로 하는 샤워는 본 적 있지만 햇빛 샤워라니? 듣도 보도 못한 말이었다. 오로라는 어딘가 좀 모자란 게 분명했다.

"온몸에 햇빛을 고루 쏘이는 거지. 아침 햇빛은 기억력을 좋게 하고 기분도 좋아지게 해. 여러모로 아주 유익하지. 식물에게만 햇빛이 필요한 게 아냐."

오로라가 말했다. 그제야 까미는 입이 딱 벌어졌다.

'역시 오로라는 다르네. 어쩌면 저게 1등급 사냥 비법일지도 몰라.'

까미는 얼른 날개를 펴고 오로라처럼 햇빛 샤워를 시작했다. 더듬이도 왼쪽, 오른쪽 두루 움직였다. 햇빛은 감은 눈 속으로도 스며들었다. 빛이 몸 구석구석을 채우며 환하게 데우는 거 같았다. 그 때문인지 마음이 편안해졌다. 하지만 금세 지루해져서 주위를 두리번거렸다. 숲 사이로 난

길을 따라 사람들이 하나둘 걸어왔다. 그들 대부분은 곧장 도서관 건물로 들어갔다. 어쩌다 한두 명은 걸음을 멈추고 금목서와 눈 맞춤하며 향기를 맡았다.

사람 구경하는 것도 시들해질 무렵 오로라가 몸을 바로 했다. 드디어 햇빛 샤워가 끝난 모양이었다. 오로라는 쉼터에 걸린 시계를 보더니 휙 날아올랐다. 이내 모자 쓴 할아버지 어깨에 내려앉았다. 까미도 얼른 뒤따랐다.

할아버지는 엘리베이터를 타고 2층 도서실로 향했다. 넓은 도서실엔 한쪽 벽만 빼고 모두 책이 빽빽이 들어차 있었다. 그 한쪽 벽은 온통 유리로 되어 있어서 바깥 풍경이 환히 보였다. 유리벽 앞에는 책상과 의자가 줄지어 놓였고, 사람들이 드문드문 앉아 책을 보고 있었다.

오로라는 사람들 사이를 오가며 그들이 읽는 책을 들여다봤다. 그러다 한 청년의 어깨 위에 내려앉았다. 까미도 따라 내려앉았다.

오로라는 책을 들여다보다가 청년이 책장을 넘기면 덩달아 눈길을 옮겼다.

"설마 지금 책 읽는 거 아니죠?"

오로라를 지켜보던 까미가 물었다.

"쉿! 여기선 조용히 해야 해."

오로라는 책에 눈을 떼지 않은 채 소곤거렸다.

'어, 정말 책을 읽나 봐. 이게 비법인가?'

까미는 놀라우면서도 한편으로는 기운이 빠졌다.

인간의 글을 배운다는 건 하루아침에 될 일이 아니었다.

오로라는 청년을 따라 책을 읽고 또 읽었다. 무슨 내용인지 궁금해서 읽어 달라고 하고 싶었지만 오로라가 책에 너무 집중해서 아무 말도 할 수 없었다.

'언제까지 읽는 거야?'

까미는 심심하고 지루했다.

주위를 두리번거리는데 커다란 그림책을 보고 있는 꼬

맹이가 눈에 들어왔다.

'그림이라면 나도 볼 수 있지.'

까미는 꼬맹이에게로 날아갔다.

커다란 책에는 아기랑 강아지가 노는 그림이 그려져 있

었다. 강아지를 졸졸 따라다니는 아기가 귀여워서 까미는 날개를 파닥이며 웃었다. 그때 갑자기 꼬맹이가 고개를 들고 두리번거렸다.

'이런, 귀도 밝네.'

까미는 놀라서 얼른 꼬맹이를 피해 날아올랐다.

사람들과 뚝 떨어져 창틀에 앉았다. 도서관 안은 적당히 시원했고 한낮의 햇살은 눈부셨다. 창틀에 기대 있자니 졸음이 밀려왔다. 꾸벅꾸벅 졸다 마침내 나른한 잠 속으로 빠져들었다.

까미는 웅얼거리는 소리에 눈을 떴다. 도서관은 텅 비어 있었다. 모자 쓴 할아버지만 창가에 앉아 웅얼웅얼 책을 읽고 있었다.

"나만 두고 가 버린 거야?"

왠지 오로라에게 버림받은 기분이었다. 하지만 생각해 보니 오로라가 함께 있어도 좋다고 했지, 어디든 데리고 다니겠다고 한 적은 없었다.

까미는 서운한 마음은 거두고 웅얼대는 할아버지 쪽으로 날아갔다. 할아버지는 두꺼운 책을 펴 놓고 읽고 있었다.

"감사. 행복은 감사에서 온다. 이미 가진 것에 만족하고 감사하라……."

할아버지의 목소리는 규칙적인 리듬을 타서 듣기 좋았다. 마치 아기에게 불러 주는 자장가 같았다.

까미는 할아버지 어깨에 내려앉아 소리에 귀를 모았다.

"누군가에게 받은 것에는 더욱 감사할 줄 알아야 한다. 그리하여 받은 것을…… 다른 누군가에게 돌려주는 선행을 베풀어야 한다. 베풂이 점점 널리 퍼져 나가니, 세상은 밝고……."

할아버지는 읽기를 멈추고 고개를 들어 유리창 저편 단풍나무를 봤다.

빨간 단풍나무 사이로 햇살이 쏟아져 내렸다.

"베풂이 점점 널리 퍼져 나간다…… 그렇지……."

할아버지는 중얼거리며 천천히 고개를 끄덕였다.

까미도 덩달아 빨간 단풍잎을 올려다보며 할아버지의
말을 곱씹었다.

그때 문 열리는 소리와 함께 아이와 엄마가 들어왔다.
까미는 그때를 놓치지 않고 재빨리 날아서 도서실을 빠져
나왔다.

곧장 화단의 금목서로 향했다. 다행히 오로라는 아늑한
집 안에 누워 쉬고 있었다.

'휴, 다행이다.'

까미는 가슴을 쓸어내렸다.

오로라가 딴 데로 가 버렸다면 다시 찾기는 어려울 터
였다.

"책을 읽다니, 정말 놀라워요. 어떻게 해서 읽을 수 있게
되었어요?"

사실 까미는 정말 그 점이 궁금했다.

까미의 눈을 빤히 보던 오로라가 주황색 꽃송이로 눈길을 옮겼다.

"그게 다 이 금목서 꽃향기 때문이라고 할 수 있지."

까미는 어리둥절해져서 덩달아 주황색 꽃송이로 눈길을 옮겼다.

"그 할머니를 만난 것이 여기였어. 바로 저 자리지."

오로라가 금목서 아래 나무 의자에 눈을 둔 채 얘기를 시작했다.

"나는 이 금목서 꽃향기가 그렇게 좋더라고. 그래서 이 꽃이 필 때면 늘 여기서 머물러. 어느 날, 한 할머니가 이 꽃나무 아래 우두커니 앉아 있었어. 그런 일은 잦아. 나처럼 사람들도 이 향기를 좋아하더라고. 그런데 그 할머니는 일정한 시간에 와서 머물다 갔어. 꽃을 한참이나 올려다보곤 했지. 이따금 눈물을 짓기도 하고……. 그 슬픈 표정이라니. 그 눈을 마주하다 보니 나도 모르게 가슴이 아리더라고. 그런 경험은 처음이었어. 그 뒤부터 그 할머니를 관심 있게 보게 되었어. 알고 보니 그 할머니는 여기 도서관에서 아이들에게 책을 읽어 주더라고. 참 맛깔나게 잘 읽었어. 그래서 할머니가 얘기를 들려주는 시간이면 늘 어깨 위에 앉아 들었지. 따뜻한 이야기, 아픈 이야기, 슬픈 이야기, 재미있는 이야기, 생각이 깊어지는 이야기, 한 번도 생각해 보지 못한 것들을 생각하게 하는 이야기, 기발한 이야기……. 책에는 그 모든 게 다 들어 있었어. 책이 주는 기쁨은 굉장했지. 아주 즐거운 시간이었어. 그러다 보니 어느 날부터 나도 글자를 읽을 수 있게 되었어. 하지만 내가 읽는 거랑 할머니가 읽어 주는 걸 듣는 건 이야기의 맛이 아주 달랐어."

"그 할머니 언제 와요? 저도 듣고 싶어요."

까미가 툭 끼어들었다.

아까 도서실에서 할아버지가 책 읽던 소리도 참 좋았다. 오로라가 맛깔나게 잘 읽는다는 할머니의 목소리는 더 얼마나 좋을까 싶었다.

오로라가 까미를 돌아봤다.

"나도 듣고 싶어. 하지만 이제 들을 수가 없어."

"왜요?"

"어느 날부터 안 나오시더라고. 집이라도 알아 뒀더라면 좋았을걸. 나한테는 잊을 수 없는, 정말 고마운 분인데."

오로라의 목소리에서 진한 아쉬움이 느껴졌다.

"혹시 다리를 다친 게 아닐까요? 그래서 못 나오는지도 몰라요."

까미는 빌라 앞마당의 휠체어 탄 할머니를 떠올리며 말했다.

"그럴지도 모르지. 아니면……."

오로라는 하려던 말을 꿀꺽 삼켰다.

"아니면 뭐요?"

"뭐 영원히 살 수는 없는 거니까."

오로라가 금목서 사이로 하늘을 올려다보며 말했다.

한참 만에 오로라가 다시 까미를 봤다.

"사람들 속담에 '몸이 천 냥이면 눈이 구백 냥이다.' 이런 말이 있는데, 알아?"

"아뇨, 하지만 뜻은 알겠어요. 눈이 중요하다는 거죠?"

오로라가 고개를 끄덕였다.

"책에서 보니 눈은 마음을 담고 있다더라. 눈을 보면 그 사람의 마음을 읽을 수 있대. 나는 그 할머니를 통해 그 말이 사실임을 깨달았어. 그래서 사람들 눈을 자세히 보게 되었지."

오로라의 눈은 다시 나무 의자로 옮아갔다.

'오, 사람 눈이랑 1등급 시간 사냥이랑, 서로 관련이 있는 거구나!'

까미는 눈을 반짝이며 오로라의 다음 말을 기다렸다.

"이런, 낮잠 시간인데. 어서 한숨 자야겠다."

오로라는 갑자기 하품을 하며 옆으로 돌아누웠다.

'뭐야, 왜 말을 하다 말아? 분명 그게 비법이랑 상관있는 거 같은데……. 이러다 시간만 가 버리면 어쩌지? 그냥 바로 물어볼까?'

까미는 고른 숨소리를 내며 잠든 오로라를 보며 생각이 많아졌다.

비법이 뭐예요?

한숨 자고 난 까미는 기지개를 폈다.

목을 이리저리 돌리다 말고 화들짝 놀랐다. 선명하던 초록빛이 드문드문 회색을 띠었던 것이다. 주홍빛 꽃송이도 마찬가지였다.

'이런, 에너지가 줄어든 탓인가 봐.'

까미는 마음이 급해졌다. 이대로 가다가는 오로라도 볼 수 없을 게 뻔했다. 그가 준 시간이 바닥나기 전에 1등급 시간 사냥 비법을 알아내야 했다.

"오로라 님, 오로라 님……."

까미는 조심스레 오로라를 흔들었다.

오로라가 천천히 눈을 떴다.

"어떡해요? 에너지가 줄고 있어요."

"당연하지. 그러니까 이러고 빈둥대지 말고 어서 가서 에너지를 모아. 그러다 또 죽네 사네 하지 말고."

오로라는 길게 하품을 하며 말했다.

"그래서 말인데요, 1등급 시간 사냥 비법 좀 알려 주세요."

까미는 오로라의 눈치를 살피며 물었다.

"네가 꼭 인간 같은 짓을 하는구나."

오로라의 말에 까미는 눈을 동그랗게 떴다. 도무지 무슨 말인지 알아들을 수가 없었다.

"인간들 말에 '물에 빠진 사람 구해 줬더니 보따리 내놓으라고 한다.'는 속담이 있지. 목숨 구해 줬더니 비법까지 내놓으라니, 딱 너를 두고 하는 말이잖아!"

"그래도 어쩔 수 없어요. 비법이 간절히 필요하니까요."

까미의 당당함에 오로라는 어이없다는 표정으로 봤다.

"세상이 확 달라 보이거든요. 희고 검게만 보였는데 아주 다른 세상이에요. 이렇게 세상이 아름다운 줄 몰랐어요. 눈부시게 빛나는 이 색들 좀 보세요. 아름다워서 눈물이 날 거 같다고요!"

까미는 주황색 꽃 주변을 윙윙 날며 소리쳤다.

이런 세상을 다시 볼 수 없다면 살아도 죽은 거나 마찬가지라고 까미는 생각했다.

하지만 오로라는 아무 말이 없었다.

"제발요. 비법이 뭐예요? 태어나서 이런 세상 처음 봤어요. 나도 이렇게 아름다운 세상을 보면서 살고 싶어요. 네, 스승님!"

"내가 왜 네 스승이야? 우리 세계에 그런 게 어디 있어?"

"사람들처럼 우리도 만들면 되죠. 스승님, 깍듯이 모실 게요. 목숨을 구해 줬으면 책임도 지셔야죠. 제발 사냥 비법 좀……."

까미는 오로라 앞에 다소곳이 앉아 두 손까지 모았다.

오로라처럼 으뜸 사냥꾼이 되려면 1등급 시간을 사냥해 야 할 것이다. 그들에겐 분명 사냥 비법이 있을 거였다. 이 참에 끈질기게 물고 늘어져서 꼭 그 비법을 알아내고 싶었 다. 그래서 앞으로도 쭉 여러 색으로 빛나는 세상을 보고 싶었다. 게다가 오로라는 사람들 눈에 보이지 않으니 사냥 도 훨씬 쉬울 것이다.

"좋아, 알려 주지!"

오로라가 씩 웃더니 몸을 바로 했다.

까미는 입이 실쭉 벌어져서 몸을 발딱 일으켰다. 기대로 가슴이 벌렁거렸다.

오로라가 몸을 풀듯 날개를 파르르 털더니 공중으로 날

아올랐다.

나는야, 시간 사냥꾼!
사람의 시간을 사냥하지. 가장 좋은 시간은 1등급 시간!
똘똘 뭉친 고급 에너지가 들어 있거든.
2등급도 좋아. 신바람 시간!
저절로 흥이 나는 기운찬 시간이거든.
생기 없는 지루한 시간, 나른한 시간은 싫어…….

"됐어요!"

까미는 힘껏 소리쳤다. 그 바람에 우줄우줄 노래하던 오
로라가 얼굴을 찡그리며 내려앉았다.

"그런 건 나도 다 알거든요. 1등급 시간 사냥 비법을 알
려 달란 말예요, 사냥 비법!"

까미는 금목서 꽃송이 위에서 콩콩 뛰었다. 꽃송이가 덩

64

달아 달달거리며 흔들렸다.

"비법 같은 소리 하네. 말도 안 되는 거 졸라 댈 거면 당
장 내 앞에서 사라져!"

오로라가 버럭 소리를 질렀다. 그러자 까미도 화가 치밀
었다.

"이건 오로라 님 책임도 있어요. 그때 그냥 사라지게 됐
더라면 이런 세상을 몰랐을 거고, 그럼 욕심 낼 일도 없을
거잖아요. 이제 회색 세상만 보이던 예전으로 돌아갈 수
없어요. 색색의 아름다운 세상을 못 본다면 차라리 죽는
게 나아요!"

오로라는 할 말을 잃은 듯 입을 벌린 채 까미를 봤다.

"역시 속담 틀린 거 하나 없어. 그만 네가 살던 곳으로
가! 그렇게 빈둥대다가 저번처럼 또 쓰러지면 넌 영원히
사라지는 거야. 이번엔 내 귀한 에너지 한 모금도 안 줄 거
니까."

오로라는 쉼터에 걸린 시계를 보더니 휙 날아올랐다.

"살려 냈으니 책임도 지셔야죠."

까미는 소리치며 얼른 뒤따랐다.

오로라는 나는 속도가 엄청 빨랐다. 몸집도 날개도 크니 힘도 센 모양이었다. 까미도 힘껏 속도를 냈다. 숲을 지나 작은 건물을 지나자 낮은 집들이 오밀조밀 모여 있는 곳이 나왔다.

마침내 오로라가 내려앉은 곳은 어느 놀이터의 느티나무 위였다. 까미도 바로 옆 나뭇잎에 내려앉아 가쁜 숨을 몰아쉬었다. 놀이터는 아이들이 뛰어노는 소리로 시끌벅적 요란했다.

'드디어 사냥을 하려는 거구나.'

까미는 가슴이 쿵쿵 뛰었다.

"가라니까 왜 따라왔어?"

오로라가 아이들에게 눈을 둔 채 말했다. 까미는 아무

대꾸도 않고 오로라를 따라 아이들을 가만히 지켜만 봤다.

아이들의 웃음소리가 느티나무 가지 너머 하늘로 울려 퍼졌다. 까미는 그 시끄러운 소리에 귀가 울리고 정신이 없었다. 힐끗 오로라를 봤다. 오로라는 마치 세상에서 제일 재밌는 시간이기라도 하다는 듯 아이 한 명 한 명을 지켜보며 빙긋빙긋 웃었다. 마치 자신도 아이들 놀이에 흠뻑 빠지기라도 한 것 같았다.

아이들의 외침과 깔깔대는 소리는 점점 더 커졌다. 세상이 온통 시끄러운 소리로 가득 차는 거 같았다. 까미는 두 귀를 막은 채 이파리에 몸을 기댔다. 소리는 막은 귀로도 스며들었다. 더는 견딜 수 없다고 느껴지는 순간이었다.

갑자기 오로라가 휙 날아올랐다. 곧장 아이들 쪽으로 날아갔다. 그러고는 한 아이의 머리 위를 빙글빙글 돌다가 정수리에 시간 빨대를 꽂았다. 이내 푸르스름한 빛이 오로라의 시간 빨대 속으로 술술 들어갔다. 푸르스름한 색이

쏙쏙 뽑힐 때마다 고소한 내가 진동했다. 까미도 그들의 시간을 흡수하고 싶어서 몸이 달싹여졌다. 하지만 느티나무 이파리를 움켜잡고 꾹 참았다. 그 대신 오로라가 하는 행동을 빠짐없이 지켜봤다.

'이제 보니 아이들이 최고로 신나 할 때까지 기다렸구나.'

까미는 역시 오로라는 다르구나 싶었다.

오로라는 시간 빨대를 접고는 아이에게 '훅' 하고 뭔가를 불어넣었다. 그런 다음 다른 아이에게로 옮겨 갔다. 그때마다 아이들의 머리칼이 흩날렸다.

'뭘 저렇게 불어넣지?'

까미는 고개를 갸웃거리며 오로라의 행동 하나하나를 뚫어지게 봤다.

오로라가 다시 한 아이에게 '훅' 하고 짧은 기운을 불어넣었을 때였다. 아이가 우뚝 멈추더니 고개를 갸웃거리며 주위를 둘러봤다.

'엇, 저 녀석이 알아챘나?'

까미는 자신도 모르게 몸이 움츠러졌다. 다행히 오로라는 아이에게서 멀어졌다.

아이가 갑자기 주머니에서 핸드폰을 꺼냈다.

"으악! 시간이 왜 이렇게 빨리 갔지? 큰일 났다."

아이가 서둘러 가방을 둘러맸다. 그러자 다른 아이들도

저마다 시계를 봤다.

"진짜네. 조금밖에 안 논 거 같은데. 학원 늦겠다!"

"나도!"

아이들이 가방을 메고 제각각 우르르 흩어졌다.

"너희들 신바람 시간을 내가 좀 슬쩍했지. 그 대신 '꿈'을 줬으니까 오늘 밤은 신날 거다."

느티나무 이파리에 내려앉은 오로라가 아이들을 향해 소리쳤다. 물론 아무도 듣지 못했다.

"꿈? 무슨 꿈이요?"

까미는 눈이 휘둥그레져서 물었다.

"신나는 모험이 있는 꿈, 으스스한 무서운 꿈, 달달하니 행복한 꿈…… 아이마다 다 다른 꿈이지."

오로라의 말에 까미는 입이 쩍 벌어졌다.

꿈을 주는 것도 놀라운데 아이마다 다른 꿈이라니. 그제야 오로라가 왜 그 긴 시간 꼼짝 않고 아이들 하나하나를 뚫어지게 봤는지 알 거 같았다.

"와, 아이들 생각을 읽을 수 있는 거예요? 그래서 에너지가 가장 진할 때 딱 맞춰 쉽게 사냥하는군요. 정말 부러워요."

"네 눈에 쉬워 보이지? 생각이 그냥 읽히는 게 아냐. 그게 다 세심한 관찰과 노력의 결과지. 그리고 이건 사냥이 아냐. 서로 필요한 걸 바꾸는 거지. 내가 원하는 걸 갖는 대신 난 그들에게 필요한 걸 주거든."

까미는 감동스런 눈으로 오로라를 우러렀다.

꿈을 만드는 데도 분명 귀한 에너지와 시간이 들 터였다. 그런데도 아이들의 신나는 시간을 가져오는 대신 꿈을 주는 오로라가 당당하고 멋져 보였다. 그동안 사람들의 시간을 사냥하면서도 뭔가를 준다는 건 생각해 본 적이 없었다.

"궁금한 게 있어요. 아이들이 막 뛰어다니잖아요. 그래서 중심 잡기도 힘들 텐데 어떻게 그렇게 시간 빨대를 쉽게 꽂아요? 저는 몇 번이나 사람 손바닥에 납작궁이 될 뻔

했거든요."

"수많은 실수와 경험 덕분이지. 모든 것이 다 그렇듯."

오로라의 말에 까미는 가슴이 마구 방망이질 쳤다. 용기도 불끈 솟구쳤다. 처음부터 잘한 건 아니라는 뜻이니까.

"수많은 실수와 경험! 그리고 당당히 받고 당당히 주기!"

까미는 마음에 새기듯 또박또박 힘주어 말했다.

오로라가 씩 웃으며 휙 날아올랐다. 놓칠세라 까미도 재빨리 따라붙었다. 부지런히 날갯짓을 하는데 개천가 빌라에 사는 '만만한 아이'가 떠올랐다. 빌라 앞마당에 의자를 놓고 늘 말없이 앉아 있던 아이. 까미는 그 아이가 조금 전 놀이터의 그 아이들처럼 신나게 뛰어노는 걸 본 적이 없었다.

'그 아이는 왜 뛰놀지 않지?'

처음으로 그 아이에 대한 궁금증이 스멀스멀 비집고 올라왔다.

1등급이다!

얼마를 더 날았을까.

낯익은 공원이 나왔다. 입구에 우뚝 솟은 은행나무는 까미가 오로라를 찾기 위해 머물렀던 바로 그 나무였다.

까미는 은행잎의 초록색을 처음 본 순간이 떠올랐다. 저마다 가진 선명한 색들이 다투어 튀어나오는 것 같던 순간도 떠올랐다. 새삼 그 기쁨으로 온몸이 짜릿했다.

오로라는 색색의 꽃을 피운 공원을 지나 나뭇잎들이 팔랑대는 자작나무 숲으로 향했다. 그곳은 까미가 가 본 적이 없는 곳이었다.

자작나무 숲은 산책로를 따라 구불구불 휘돌며 뻗어 있었다. 사람들이 천천히 걷거나 드문드문 놓인 의자에서 쉬고 있었다.

자작나무 숲을 빠져나오자 작은 연못이 나왔다. 오로라는 머뭇거리는 일도 없이 연못 끝으로 향했다. 마침내 진분홍 물봉선화 위에 내려앉았다.

“와, 여기 이런 연못이 숨어 있었네.”

까미는 눈을 반짝이며 주위를 둘러봤다.

연못이 비밀스럽게 들어앉은 탓인지 사람은 거의 없었다. 바로 앞에 한 남자가 그림을 그리고 있을 뿐이었다. 남자 옆에 목발 두 개가 가지런히 놓여 있었다.

오로라의 눈길은 바로 그 남자를 향해 있었다. 놀이터에서처럼 남자를 가만히 바라만 봤다. 그를 보는 표정이 금

목서 꽃향기를 맡을 때 마냥 편안하고 행복해 보였다.

"왜 그렇게 보고 있어요?"

"아름답잖아."

"저 사람이 아름답다고요?"

까미는 그만 까르르 웃음보를 터뜨렸다.

"쯧쯧, 그래서 네가 꼴찌 등급을 못 벗어나는 거야. 뭔가를 열심히 하는 모습만큼 아름다운 건 없지."

오로라는 여전히 그 남자에게 눈을 둔 채 말했다.

순간 까미는 정신이 번쩍 들어서 남자를 다시 봤다. 남자는 연못을 보다가 이젤 위의 스케치북으로 눈길을 옮기곤 했다.

"저렇게 열심인 모습도 좋고, 저 사람이 그려 내는 세상도 좋아. 보고 있으면 마음이 즐거워지거든."

오로라의 말에 까미는 남자를 향해 날아올랐다. 그가 그리는 세상이 궁금했다.

78

연못과 이젤 위의 스케치북을 번갈아 보던 까미는 고개를 갸웃거렸다. 스케치북 속의 그림은 그가 보고 있는 연못 모습이 아니었다. 전혀 다른 풍경이었다.

'뭐지? 저 사람만 볼 수 있는 또 다른 세상이 있는 걸까?'

남자는 연못 너머의 어떤 세상, 보이지 않는 그 어떤 세상을 그리는 거 같았다.

스케치를 마친 남자가 연필을 내려놓고 그림을 봤다. 그때 그의 손가락이 눈에 들어왔다. 엄지와 검지가 폭 패여 있었다. 조금 전 연필을 쥐었던 바로 그 위치였다.

그는 그림을 그리고, 그리고, 또 그린 게 분명했다.

"오, 1등급이다!"

까미는 자신도 모르게 남자의 정수리를 향해 날아올랐다. 하지만 말랑하고 투명한 막에 부딪혀 튕겨 나가며 비명을 내질렀다. 다행히 나팔꽃 위로 내동댕이쳐졌다. 진분홍 나팔꽃이 자지러질 듯 나풀거렸다.

"저런, 양심이란 걸 좀 가지지 그래."

오로라가 혀를 끌끌 찼다.

까미는 겨우 정신을 차리고 오로라 옆으로 날아가 앉았다.

"저게 뭐예요?"

까미는 말랑하고 투명한 막을 가리키며 어리둥절해했다. 오로라가 그런 까미를 향해 씩 웃었다.

"뭐긴, 너 같은 얌체를 위한 방어막이지. 욕심난다고 아무 거나 넘보면 되냐? 내가 몇 년간 날마다 지켜보며 공 들인 사람인데."

"몇 년씩이나요?"

까미는 입이 쩍 벌어졌다.

한 사람의 시간을 사냥하기 위해 몇 년씩이나 지켜본다는 건 생각도 못 해 본 일이었다.

"저 사람은 공모전을 준비하고 있지."

오로라는 말하면서도 남자에게서 눈을 떼지 않았다. 꼼짝 않고 지켜보기만 해서 그대로 굳어 버린 게 아닌가 싶었다. 까미도 숨을 죽이며 남자를 지켜봤다.

남자는 팔레트에 물감을 짜고 조심스레 물을 섞었다. 붓으로 섞는 작업 하나하나에 정성이 느껴졌다. 채색을 하는 내내 그의 마음은 오롯이 그림 속에 들어앉은 거 같았다. 보고 있자니 붓이 살아서 움직이는 듯했다.

"됐어, 바로 지금이야!"

오로라가 그 남자를 향해 날아올랐다.

남자의 머리 위를 빙글빙글 돌다가 마침내 정수리로 내려앉았다.

까미는 자신도 모르게 몸을 옹송그렸다. 정수리에 시간 빨대를 꽂는 순간 어김없이 사람의 손이 날아오곤 했기 때문이다. 그런데 지금 저 남자는 꼼짝 않고 여전히 그림에 몰두하고 있있다.

"스읍."

오로라의 시간 빨대가 빨간색으로 물들었다.

'1등급은 저런 색이구나. 정말 예쁘다!'

까미는 말로만 듣던 1등급 시간을 눈으로 보니 온몸이 달뜨는 기분이었다.

오로라의 날개가 빨간빛이었다가 푸른빛이 되었다. 푸른빛이 더욱 짙어지더니 차츰 투명해졌다. 까미는 입을 벌

린 채 그 모습을 지켜봤다.

시간 빨대를 접은 오로라가 허리춤에 매단 주머니에서 1등급에 어울리는 빨간 행운 알맹이 하나를 꺼냈다.

"세상에 공짜는 없지. 귀한 시간에 대한 보답이오."

오로라는 알맹이를 입에 넣고 남자 머리 위를 돌며 '훅' 짧은 입김을 불어넣었다. 남자의 머리카락이 나풀거렸다.

마침내 오로라는 행복한 얼굴로 물봉선화 이파리에 내려앉았다.

"역시 1등급 시간은 달라. 안 먹어도 천년이고 만년이고 버틸 수 있을 거 같거든."

오로라가 탄탄해진 배를 쓰다듬으며 날개를 흔들었다. 푸른빛의 날개가 눈부시게 빛났다. 까미는 행복한 표정으로 오로라와 남자를 번갈아봤다.

"행운까지 보태 줬으니 저 사람 이번에 공모전 1등이겠네요. 그런데 내가 왜 이렇게 기쁠까요?"

84

까미는 두 손을 가슴에 포갠 채 어룽진 눈을 슴벅거렸다.

"지금 그 마음이면 너도 1등급 사냥할 자격 있어."

오로라가 까미를 향해 웃었다.

까미는 기뻐서 팔딱팔딱 제자리 뜀을 했다. 그 바람에 더듬이가 너풀너풀 춤을 추었고 빨간 물봉선화가 덩달아 꽃잎을 넌출거렸다.

"그런데 꼭 몇 년씩이나 지켜봐야 해요?"

"1등급이 왜 1등급이겠어. 긴 시간 진심을 다하니까 그런 거지. 간절함이 깊고 오래될수록 에너지의 힘도 세져. 그리고 내가 준 행운이 주인을 잘못 찾아가면 안 되잖아. 자격 없는 사람이 영광을 누려선 안 되지."

오로라가 웃었다.

'간절함이 깊고 오래될수록……'

오로라의 그 말이 까미의 가슴속으로 스며들었다. 가슴이 찌릿거렸다. 그때 그 아이가 불쑥 떠올랐다.

"나, 너를 알아. 나 좀 도와줘!"

그 아이가 외치던 말도 떠올랐다.

그땐 놀란 데다 에너지가 바닥나서 아무 정신이 없었다. 그런데도 목소리가 아주 간절했던 기억만은 또렷했다.

'뭘 도와 달라는 거였을까?'

까미는 그 아이가 다른 아이처럼 뛰어놀지도 않고 늘 우두커니 앉아 있던 모습도 마음에 걸렸다.

'정말 나를 아는 걸까? 내가 시간 사냥꾼이라는 걸? 하지만 어떻게 알지?'

까미는 머릿속이 복잡했다.

오로라라면 답을 알고 있을 거 같았다. 인간의 책도 읽을 줄 아는 오로라니까.

"오로라 님, 우리의 정체를 아는 사람이 있을까요?"

"정체라면, 우리가 시간 사냥꾼이라는 거? 아니면 하늘 나라에서 추방되었다는 거?"

오로라가 호기심 가득한 눈으로 까미를 봤다.

오로라 말대로 시간 사냥꾼들은 죄를 지어 하늘나라에서 추방된 이들이다. 하지만 하늘나라에 대한 기억은 아무 것도 없었다. 무슨 죄를 지었는지조차도. 그 때문에 죄책감 같은 것도 없었다.

"뭐든지요."

까미의 대답에 오로라가 천천히 고개를 끄덕였다.

"사람들은 이야기를 좋아하지. 자기가 아는 걸 책으로 내는 것도 좋아하고. 누군가 우리에 대해 안다면 책으로 썼겠지. 하지만 난 그런 책을 본 적이 없어. 그런데 그게 왜 궁금해?"

까미는 그날 오로라를 만나기 전 그 아이와 있었던 일을 들려주었다. 오로라의 눈은 여전히 호기심으로 반짝였다.

"나도 궁금하네. 앞장서 봐. 그 아이, 한번 만나 보자."

오로라 말에 까미는 기운이 났다. 혼자서는 그 아이를

다시 만날 자신이 없었다.

까미는 자작나무 숲 너머 커다란 은행나무 쪽을 향해 힘
차게 날아올랐다.

그 아이

빌라 앞마당은 텅 비어 있었다.

궁금증과 걱정이 뒤섞여 긴장됐던 마음이 탁 풀어졌다.

"여기서 좀 기다려 봐요. 늘 저기 앉아 있거든요."

까미가 배롱나무꽃에 내려앉자 오로라도 따라 내려앉
았다.

햇살에 배롱나무꽃이 눈부셨다. 뭉실뭉실 마치 붉은 구
름송이 같았다.

"이 꽃이 이렇게 예쁜 색이었구나."

까미는 꽃에서 눈을 떼지 못했다. 중간중간 회색으로 보이긴 했지만 그래서 붉은색이 더 붉고 화사해 보였다.

한참 만에 빌라의 유리문이 열리고 아이가 할머니가 탄 휠체어를 밀고 나왔다.

"저 아이예요!"

까미의 목소리가 분수 줄기처럼 퉁겨 올랐다.

까미는 자신의 모습이 좀 당황스럽기도 하고 놀랍기도

했다. 언제나 아이를 찾아올 때는 부족한 에너지를 급히 채우기 위해서였다. 그 때문에 아이의 행동을 지금처럼 유심히 살핀 적은 없었다.

아이는 할머니가 탄 휠체어를 감나무 그늘 아래 밀어놓고 바로 옆에다 접이식 의자를 펴고 나란히 앉았다.

오로라가 훌쩍 날아올랐다.

"작은 소리도 내면 안 돼요. 저 녀석 귀가 엄청 밝거든요."

까미는 오로라 뒤에 바짝 따라 붙으며 말했다.

오로라는 들었는지 못 들었는지 그들 바로 앞, 늘어진 감나무 가지에 내려앉았다. 까미도 옆에 나란히 앉았다. 아이가 한 발짝 걸어 나와야만 닿을 거리여서 그나마 마음이 좀 놓였다.

그들을 가만히 보던 오로라의 눈이 커졌다. 오로라는 커다래진 눈으로 할머니와 아이의 눈을 번갈아 뚫어지게 봤다. 덩달아 까미도 할머니와 아이의 눈을 응시했다.

까미는 사람의 눈을 이렇게 가까이서 마주한 건 처음이었다. 사람의 눈을 볼 이유도 필요도 없었기 때문이다.

할머니의 눈은 아이의 눈이랑은 많이 달랐다. 아이의 눈동자는 잘 익은 오디처럼 까맸지만 할머니의 눈동자는 까만 물이 빠진 잿빛 같았다. 그래서 더 흐리멍덩하게 보였다. 그 흐릿한 눈을 가만히 보고 있자니 까미는 기분이 묘해졌다. 멍하다고만 생각한 그 눈 깊숙이 간절함 같은 것이 느껴졌다. 하고 싶은 말, 해야 할 말 같은, 그 간절함이 까미의 가슴으로 전해진 걸까. 까미는 가슴이 찌릿하니 아리는 기분이었다.

"아……."

까미는 자신도 모르게 몸을 움츠리며 낮게 신음을 토했다.

"눈은 마음을 담고 있대. 그래서 눈을 보면 그 사람의 마음을 읽을 수 있대."

오로라가 한 말이 떠올랐다.

그때는 그게 무슨 뜻인지 몰랐는데 이제 알 거 같았다.

까미는 오로라를 봤다. 오로라도 까미를 봤다. 마주친 오로라의 눈이 촉촉했다. 그 순간 까미는 그도 자신과 같은 생각을 하고 있다는 확신이 들었다.

그때 오로라가 갑자기 할머니를 향해 날아올랐다. 할머니 머리 위를 원을 그리듯 빙글빙글 돌았다.

'저 할머니 시간을 사냥하려고? 그 생각은 아주 별론데.'

까미는 얼굴을 찌푸렸다.

하지만 이내 생각을 바꿔 오로라의 행동을 살펴보기로 했다. 어쩌면 저 할머니의 시간에 오로라 눈에만 보이는 특별한 뭔가가 있을지 모른다는 생각이 들었기 때문이다.

오로라는 여전히 빙글빙글 돌면서 할머니의 정수리 가까이로 내려앉았다. 할머니의 하얀 머리칼이 흔들렸다. 마침내 오로라가 시간 빨대를 내리꽂았다.

다음 순간, 놀라운 일이 벌어졌다. 긴 잠에서 깨어나듯

할머니의 눈에 천천히 생기가 돌았다. 조금 전까지 나무 인형마냥 꼼짝 않던 할머니가 눈을 슴벅였다. 그 눈에 붉은 백일홍꽃이 한가득 들어앉았다.

할머니의 눈이 아주 천천히 웃었다. 입도 웃었다. 그러자 얼굴이 꽃처럼 화사하게 피어나는 거 같았다.

백일홍꽃에 멎었던 할머니의 눈은 개천 저편을 돌아 마

침내 바로 옆에 앉은 아이에게로 향했다.

"아가……."

할머니가 아이를 향해 손을 뻗었다. 우두커니 앉아 있던
아이가 휘둥그레진 눈으로 할머니를 봤다.

"엄마……. 저…… 알아보시는 거예요?"

아이가 엉거주춤 일어나며 할머니 손을 덥석 잡았다.

'엄마라고?'

까미는 눈을 찡그렸다.

"에이, 뭐야! 잔뜩 기대했는데 한참 모자란 아이였잖아."

까미는 툭 내뱉었다.

기대와 긴장으로 잔뜩 움츠렸던 몸에서 기운이 빠져나
갔다.

"모자라는 건 너야. 보이는 겉모습대로만 믿는 바로 너."

오로라가 까미를 향해 고개를 잘래잘래 흔들었다.

"그게 무슨 말이에요?"

까미가 물었지만 오로라는 할머니와 아이 쪽을 가리키며 조용히 하라는 시늉을 했다. 그 바람에 까미는 입을 다물고 다시 그들 쪽으로 눈길을 옮겼다.

"세상에, 이런 기적 같은 일이…… 엄마한테 꼭 하고 싶은 말이 있었는데……."

아이의 입에 함박웃음이 걸렸다. 하지만 눈에는 눈물이 그렁그렁했다.

할머니도 촉촉이 젖은 눈으로 고개를 끄덕였다.

그 순간 까미는 눈을 가늘게 뜨고 오로라를 봤다.

"혹시, 조금 전 저 할머니한테 1등급 에너지를 줬어요?"

까미의 질문에 오로라는 아무 말이 없었다.

"줬네, 줬어. 공짜로 줬어! 그 귀한 1등급 에너지를 왜 줘요? 차라리 나를 주지."

까미는 발을 쿵쿵 굴렀다. 할머니에게 준 1등급 에너지가 아까워서 속이 다 쓰렸다.

오로라는 그런 까미를 본 척도 않고 그들의 이야기에만 정신을 모았다.

"이렇게 감사할 데가……. 나도 너한테 하고 싶은 말이 있었는데 영영 못 하고 가나 보다 했단다."

할머니는 아이의 손을 어루만졌다.

"엄마도? 우리 엄마가 나한테 무슨 말이 그렇게 하고 싶으셨을까?"

아이가 눈물을 닦으며 기대에 찬 눈으로 웃었다.

"내 아들로 태어나 줘서 고맙고 기뻤단다. 그 말을 해 주고 싶었어."

할머니가 아이의 등을 토닥이며 말했다.

'정말 아들이야? 손자가 아니라?'

까미는 어안이 벙벙했다. 그렇다면 오로라 말대로 아이는 모자라는 아이가 아닌 것이다.

까미는 고개를 갸웃거리며 그들의 이야기에 귀를 세웠다.

"그건 제가 할 말이에요, 엄마. 엄마도 나만큼 힘들었을 텐데 늘 웃었잖아요. 여태 그걸 몰랐어. 나만 힘든 줄 알았거든요. 몸 성장이 멈췄다고 정신의 성장도 멈췄었나 봐요. 엄마가 늘 그랬잖아요. 바꿀 수 없다면 인정하고 즐기라고. 그 긴 시간 얘기하셨는데 이제야 그걸 깨달았어요."

"그게 쉬우면 누구나 고민이 없게. 자꾸 훈련을 해야지."

아이의 말에 할머니가 빙그레 웃었다.

"엄마, 내 꿈이 뭔지 알아요?"

할머니가 천천히 고개를 끄덕였다.

"알지. 남들처럼 평범하게 사는 거잖아."

할머니의 말에 아이는 생각에 잠긴 듯 허공을 봤다. 그러다 다시 할머니를 봤다.

"전에는 남들이 나를 이상하게 보지 않는 게 평범한 삶인 줄 알았어요. 그런데 정말 중요한 건 그게 아니라는 걸 알았어요. 남과 다르다는 걸 더 일찍 인정하고, 받아

들였으면 좋았을걸. 엄마랑 눈 맞춤하며 밥 먹고 산책하고……. 좋아하는 사람과 일상을 함께한다는 게 얼마나 큰 기쁨인지. 그게 바로 행복이라는 걸…… 이제야 깨달았어요. 그 모든 걸 함께할 수 없을 때에야 말이에요."

할머니는 눈물이 그렁그렁한 눈으로 아이의 등을 가만가만 쓰다듬었다.

까미는 그 이야기를 들으며 이마를 찡그렸다. 저런 말은 아이가 할 수 있는 말이 아니었다. 여태 까미가 보아 온 '만만한 아이'가 아니었다.

까미는 눈을 동그랗게 뜨고 오로라를 봤다.

"맞아. 저 사람은 아이가 아니라 어른이야. 아이 같은 얼굴로 성장이 멈춘 거지."

그제야 까미는 그가 다른 아이들과 다르게 느껴진 이유가 비로소 이해되었다.

"엄마에게 꼭 말씀드리고 싶었어요. 낳아 주셔서, 키워

주서서 감사하다고……. 엄마 아들로 태어나서 너무 기쁘다고…….”

“고맙다. 내 아들. 엄마는 네가 다른 사람들과 비교하지 않고 네가 원하는 길을 가길 바랐어. 스스로에게 만족하면서 말이야. 너만이 할 수 있고, 네가 기쁘게 할 수 있는 일이 있을 거라고 믿으니까.”

할머니 말에 남자가 고개를 끄덕였다.

“엄마, 나 지금 하고 싶은 거 있는데.”

남자가 밝게 웃었다. 할머니가 눈을 동그랗게 뜨고 남자를 봤다.

“엄마랑 꽃구경 가는 거. 우리 그거 한 번도 못 해 봤잖아요. 내가 싫어해서…….”

“그렇지……. 하지만 몸이 이런데 어떻게 가? 언제 정신 줄 놓을지 모르는데.”

할머니가 휠체어에 놓인 자신의 다리를 내려다봤다.

"멀리 안 가도 돼요. 저기 개천만 가면 엄마가 좋아하는 코스모스꽃이 활짝 폈어요. 우리, 꽃 보면서 천천히 걸어요. 같이 실컷 얘기도 나누고."

"그래, 내가 늘 바라던 거였지."

할머니 얼굴에 벙시레 웃음이 실렸다.

남자가 고개를 끄덕이며 고정키를 젖히고 휠체어를 밀었다.

까미는 가슴이 먹먹해져서 멍하니 그들을 봤다. 그 순간 '너를 알아.'라던 그의 말이 떠올랐다.

"저 아이, 아니 저 남자…… 정말 우리 정체를 아는 걸까요? 어떻게 알았을까요?"

"글쎄, 보통 사람과 다르니 그들보다 듣는 능력이 뛰어날지 모르지. 그러니까 항상 말조심해. 혼자 중얼거리는 말조차도."

오로라가 훌쩍 날아올랐다. 까미도 얼른 뒤따랐다.

그때 갑자기 할머니가 주위를 둘러보며 코를 끙끙댔다.

"엄마, 왜 그래요?"

남자가 덩달아 주위를 둘러보며 물었다.

"어디서 금목서 향기가 나는 거 같아서."

"금목서 향기요?"

"응, 향기가 참 좋단다. 내가 좋아하던 도서관에 정말 오래된 금목서 한 그루가 있거든. 아니, 금목서 때문에 좋아하게 된 도서관이지."

할머니의 말에 남자가 주위를 둘러보며 코를 끙끙댔다.

"향기가 어찌나 좋은지, 향기 때문에 그 도서관에 자주 갔지. 그러다 일자리도 얻게 되었고. 지금쯤 주황색 꽃이 활짝 펴서 향기가 정말 좋을 거야."

"그 도서관 어딘데요? 같이 가 볼까요?"

남자가 물었다.

"안 가 봐도 돼. 이미 환히 보이니까. 내 눈 속에, 가슴속

에 선명하게 새겨져 있거든. 지금은 너랑 평범한 일상을
누리고 싶구나."

할머니의 말에 남자가 웃으며 고개를 끄덕였다.

그 순간 까미는 눈을 동그랗게 뜨고 오로라를 봤다. 오
로라가 말했던 할머니가 떠올랐기 때문이다. 책을 맛깔나
게 잘 읽었다는 그 할머니.

"혹시 저 할머니가……."

까미의 말이 끝나기도 전에 오로라가 고개를 끄덕이며
웃었다.

"아, 그래서 1등급 에너지를……."

"꼭 그래서만은 아니고, 이따금 이렇게 써. 이런 게 정말
귀하게 쓰는 거거든. 나한테 커다란 기쁨이기도 하고. 그
러니 절대 공짜가 아니지."

까미는 고개를 끄덕이며 그들의 뒷모습을 봤다. 가슴 가
득 따뜻한 기운이 고물고물 올라왔다. 태어나서 이런 기분

은 처음이었다.

"기분이 이상해요. 내가 저 할머니가 된 것처럼 행복해요."

까미의 말에 오로라가 씩 웃었다.

"좋아, 그 마음으로 가자! 1등급 시간을 찾아서."

오로라는 그들 위를 날아서 개천으로 향했다.

개천을 따라 코스모스꽃이 끝없이 펼쳐져 있었다.

오로라가 콧노래를 흥얼거리며 코스모스 사이를 너울너
울 날았다.

나는야, 멋쟁이 시간 사냥꾼!

내가 원하는 걸 갖고, 그 대신 네게 필요한 걸 줄 거야.

당당히 받고 당당히 주는 거지. 모험을 줘. 영감을 줘.

행운도 줘!

오로라처럼 아주 가끔, 귀하게도 쓸 거야.

그럼 언젠가 내 까만 날개도 붉게 푸르게 빛나겠지.

까미는 힘차게 노래하며 오로라 뒤를 너울너울 날았다.

색색의 코스모스 꽃송이들이 덩달아 너울대며 춤을

췄다.

작가의 말

째깍째깍! 오늘도 시간은 규칙적으로 정확히 흘러갑니다.

1분은 60초, 1시간은 60분, 1일은 24시간. 이렇게 우리에겐 하루에 24시간이 공평하게 주어집니다. 누군가에게 더 많이, 누군가에게 더 적게 주어지지 않지요. 또 누구에게는 더 빨리, 누구에게는 더 느리게 흐르지도 않습니다.

그런데도 종종 '정말 시간은 누구에게나 공평하게 흐를까?'라는 생각이 들 때가 있습니다. 혹시 여러분도 시간이 순식간에 사라져 버린 경험을 해 본 적 있나요? 놀이터에서 친구들과 신나게 뛰어놀다가 "으악! 시간이 왜 이렇게 빨리 갔지?" 하고 깜짝 놀라 외친 책 속 아이들처럼 말이에요.

저도 그랬답니다. 흥미진진한 책을 읽을 때나, 좋아하는 친구를 오랜만에 만났을 때, 동화 속 주인공에 푹 빠져 이야기를 써 나갈 때, 시간이 정말 순식간에 가 버렸거든요.

'어, 시계가 고장 났나?'

'누군가 내 시간을 훔쳐 간 거 아냐?'

이런 질문과 갸웃거림 끝에 이 책《오로라의 사냥 비법》이 나오게 되었어요. 사람들의 시간을 에너지로 살아가는 시간 사냥꾼들 이야기 말이에요. 하지만 여러분, 시간을 도둑맞았다며 너무 속상해하지 말았으면 해요. 시간 사냥꾼이 소중한 시간을 가져가는 대신 신나는 모험, 즐거운 꿈을 줄 거니까요. 반짝반짝 빛나는 영감도 주고요.

엄지와 검지가 오목하게 패도록 그림을 그리고, 그리고, 또 그린 화가 아저씨처럼, 자신이 좋아하는 일에 푹 빠져 마음을 다한 친구들에겐 빨간 행운도 슬쩍 넣어 줄 거랍니다.

그러니 속상해하지 말고 신나게 뛰어놀기를 바라요.

째깍째깍! 여러분의 즐거운 시간을 응원해요. 원하는 꿈이나 좋아하는 걸 위해 오롯이 진심과 열정을 다하는 아름다운 시간은 더더욱 응원해요. 간절함이 깊고 오래될수록 에너지의 힘도 세지니까요.

자, 그럼 우리 함께 으라차차, 파이팅!

찬란한 봄날을 꿈꾸며
이경순

북멘토 가치동화 66

오로라의 사냥 비법

1판 1쇄 발행일 2025년 1월 10일

글쓴이 이경순 **그린이** 양양 **펴낸곳** (주)도서출판 북멘토 **펴낸이** 김태완

부대표 이은아 **편집** 김경란, 조정우 **디자인** 안상준 **마케팅** 강보람 **경영기획** 이재희

출판등록 제6-800호(2006. 6. 13.)

주소 03990 서울시 마포구 월드컵북로 6길 69(연남동 567-11) IK빌딩 3층

전화 02-332-4885 **팩스** 02-6021-4885

⊕ bookmentorbooks.co.kr   ✉ bookmentorbooks@hanmail.net

◉ bookmentorbooks__   ⓑ blog.naver.com/bookmentorbook

ⓒ 이경순, 양양 2025

ISBN 978-89-6319-625-1 73810